MARCO PAULO & FALZAR

LES TUCHE

UN POUR TUCHE TUCHE POUR UN !

Michel LAFON

Illustrations : Marco Paulo
Mise en couleur : BenBK
Scénario : Falzar
Création graphique : Sophie Chaussade

118, avenue Achille-Peretti – CS 70024
92251 Neuilly-sur-Seine Cedex
www.michel-lafon.com

Bouzolles, dans le Limarais.
Je parie que vous ne connaissez pas.
Logique, il n'apparait sur aucune carte.
Pourtant, c'est ici que nous habitons, nous… les Tuche.
Jeff Tuche. Sa passion, c'est le foot. Rien ne pourrait le distraire d'un match officiel de l'équipe qu'il entraîne…
Vas-yyyyy ! Les doigts dans le nez !
Astique, monique !
Glups !
Déjà 12h30 !
6
Visit.
2
Bouz.
GOOAL !
Jeff ?
Tu ne vas pas quitter le match maintenant ?
On est en train de remonter !

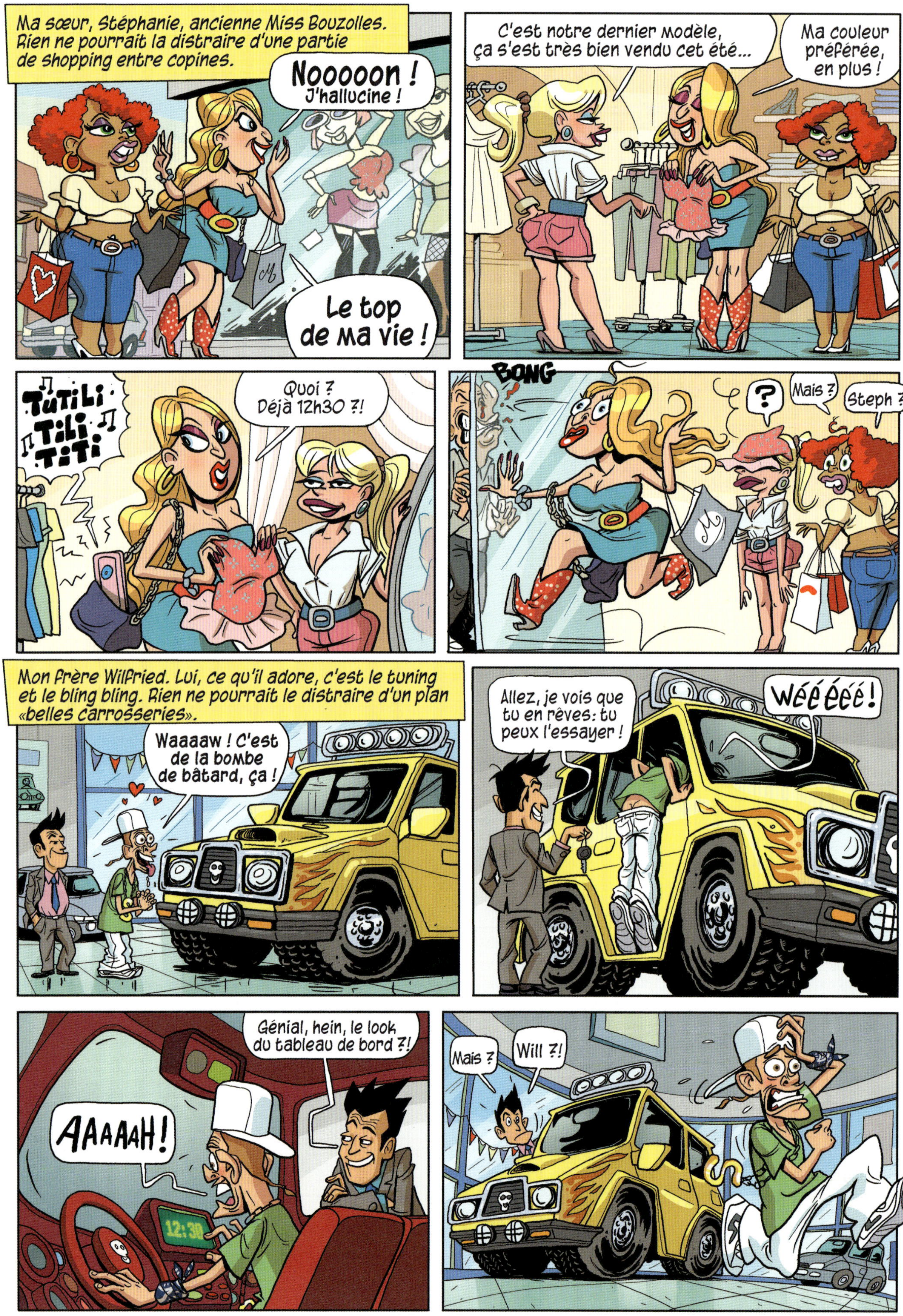
Ma sœur, Stéphanie, ancienne Miss Bouzolles. Rien ne pourrait la distraire d'une partie de shopping entre copines.
Noooon ! J'hallucine !
Le top de ma vie !
C'est notre dernier modèle, ça s'est très bien vendu cet été...
Ma couleur préférée, en plus !
TuTiLi Tili TiTi
Quoi ? Déjà 12h30 ?!
BONG
?
Mais ?
Steph ?
Mon frère Wilfried. Lui, ce qu'il adore, c'est le tuning et le bling bling. Rien ne pourrait le distraire d'un plan «belles carrosseries».
Waaaaw ! C'est de la bombe de bâtard, ça !
Allez, je vois que tu en rêves: tu peux l'essayer !
Wééééé !
Génial, hein, le look du tableau de bord ?!
AAAAAH !
12:30
Mais ?
Will ?!

Mamie Suze. On l'appelle comme ça, parce que... heu... vous avez compris : rien ne pourrait la distraire de son apéro !
GLOUGLOU HiPS GLOUGLOU HiPS GLOUGLOU HiPS
Vazniek ?!
HiPS CLOC
Ma mère, Cathy, qui nous aime tous très fort. Elle est fan de Stéphanie de Monaco, qu'elle aimerait tant rencontrer. Pour l'instant, c'est uniquement dans ses rêveries...
Et enfin, il y a moi : Donald. Mes parents m'appellent Coin-coin. Le surdoué de la famille...
Rien ne peut me distraire de mes écrans.
?!
12:30
Sauf l'heure...
E=mc²
DES FRITES! DES FRITES! DES FRITES!

BOOM BOOM BASS BOOM BOOM BADASS
Salut les bâtards !
71 Kif
C'est fou le nombre de nouveaux « copains » de Wilfried depuis qu'on est riches !
Comme par hasard...
MMM ?
Jeff, ça fait une heure qu'ils sont là... J'ai pas envie que notre petit se laisse entraîner à des jeux d'argent ou se fasse arnaquer !
T'inquiète ma chicorée. C'est le digne fils de son père.
Ben justement !
BROOOABROUAAA...
4x4
Ah ah ! tu es sur la paille, Tuche !
Tu me dois encore 20.000 euros !
Oh noooon, pitiééé !
Qu'est-ce que je te disais ?!
Vous n'avez pas honte, non ?!
VLAN
Ben quoi, papa ?
YO!
Oups !
HUM... oui... si vous jouiez plutôt au docteur Maboul ?
Ou... aux petits chevaux ?

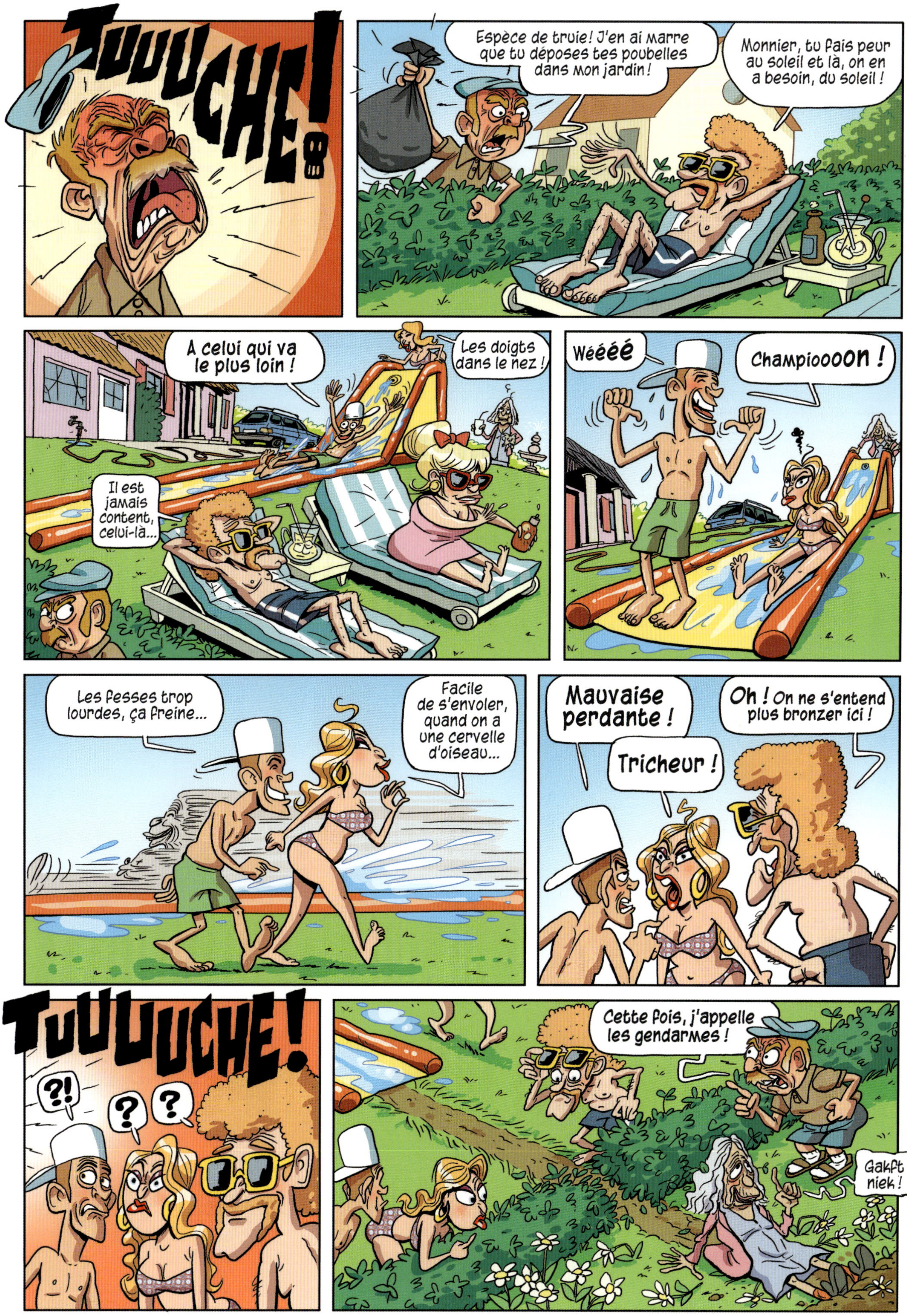
TUUUCHE !
Espèce de truie ! J'en ai marre que tu déposes tes poubelles dans mon jardin !
Monnier, tu fais peur au soleil et là, on en a besoin, du soleil !
A celui qui va le plus loin !
Les doigts dans le nez !
Il est jamais content, celui-là...
Wéééé
Champioooon !
Les fesses trop lourdes, ça freine...
Facile de s'envoler, quand on a une cervelle d'oiseau...
Mauvaise perdante !
Tricheur !
Oh ! On ne s'entend plus bronzer ici !
TUUUUCHE !
?!
?
?
Cette fois, j'appelle les gendarmes !
Gakft niek !

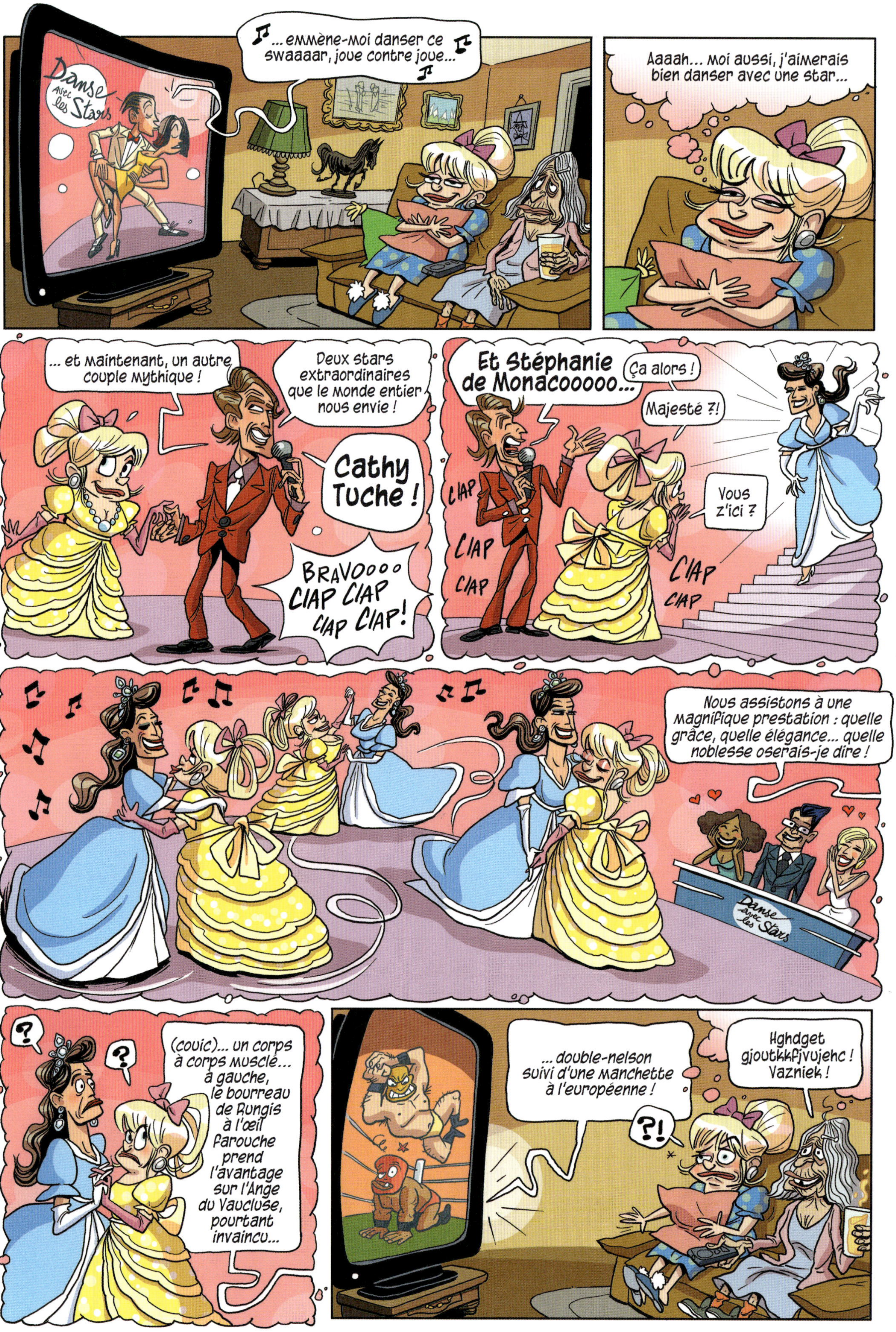
... emmène-moi danser ce swaaaar, joue contre joue...
Danse avec les Stars
Aaaah... moi aussi, j'aimerais bien danser avec une star...
... et maintenant, un autre couple mythique !
Deux stars extraordinaires que le monde entier nous envie !
Cathy Tuche !
BRAVOooo CLAP CLAP CLAP CLAP !
Et Stéphanie de Monacooooo...
Ça alors !
Majesté ?!
Vous z'ici ?
CLAP CLAP CLAP CLAP CLAP
Nous assistons à une magnifique prestation : quelle grâce, quelle élégance... quelle noblesse oserais-je dire !
Danse avec les Stars
?
?
(couic)... un corps à corps musclé... à gauche, le bourreau de Rungis à l'œil farouche prend l'avantage sur l'Ange du Vaucluse, pourtant invaincu...
... double-nelson suivi d'une manchette à l'européenne !
?!
Hghdget gjoutkkfjvujehc ! Vazniek !

Wilfried, va m'acheter un kilo de carottes, s'il te plait.
Aaah non, m'man, pas possible !
Tu peux bien rendre service à ta mère !
Y en a marre ! Depuis qu'on est riches, quand l'épicier me voit, ce bâtard double ses prix !
Je vais avec toi, mon fils.
On va voir ce qu'on va voir !
Ça vous fera 9 euros 50, madame Marteau.
HARIBI
Bonjour mon brave, je voudrais un kilo de carottes, s'il vous plait.
Je vous prépare ça tout de suite.
TCHAK BOUM BADASS
GRAS
Tu vois, ça marche, il ne nous a pas reconnus sous ce subtil déguisement...
TCHAK BOUM BADASS
Bien joué, p'pa !
Ça fera 52 euros, les Tuche...
Dites-moi, vous préparez le carnaval ?
?!
TCHAK BOUMBA
Comprends pas... Ce type, c'est le mentaliste.
La belle tomate
TUCH DADDY

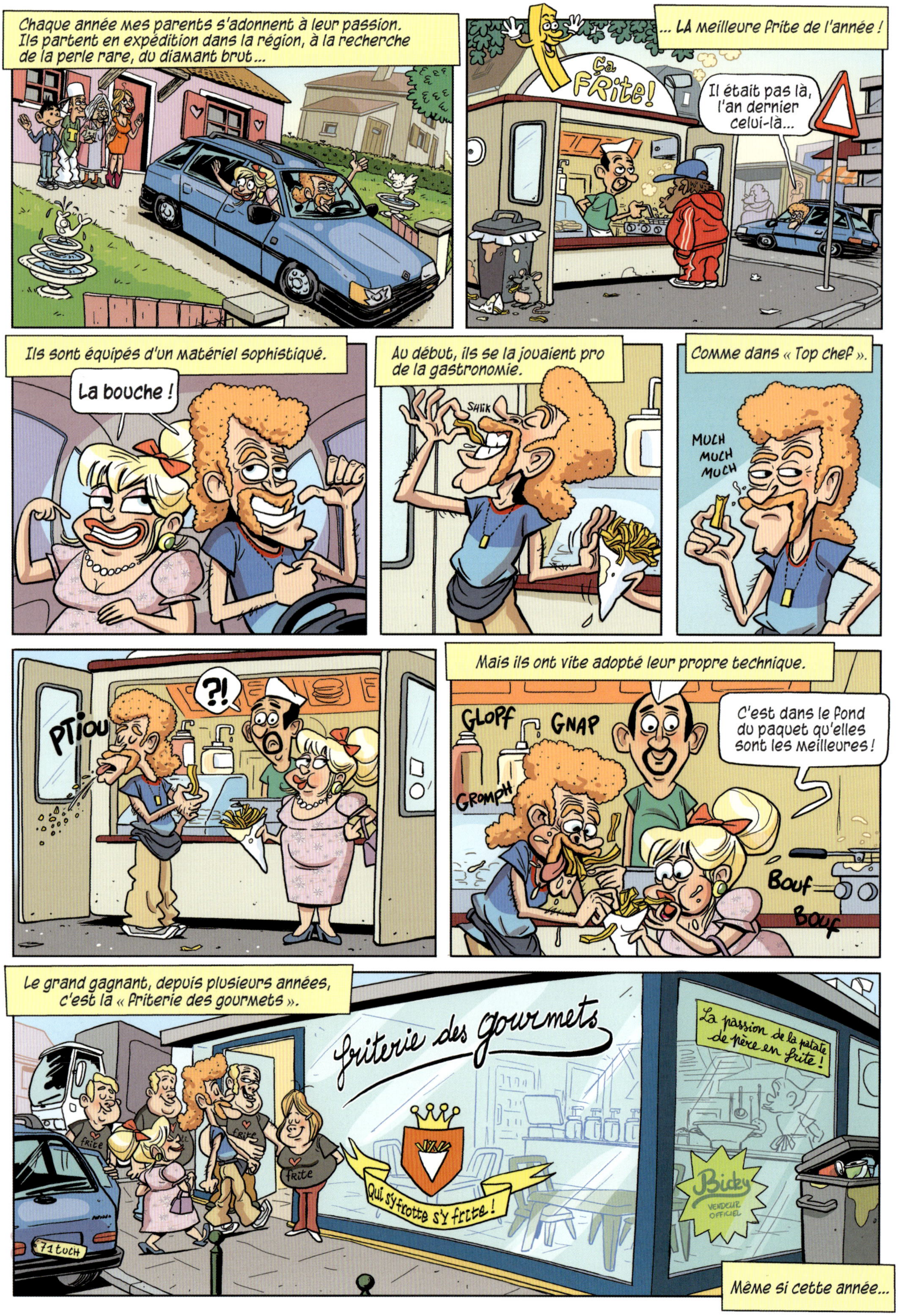
Chaque année mes parents s'adonnent à leur passion. Ils partent en expédition dans la région, à la recherche de la perle rare, du diamant brut...
... LA meilleure frite de l'année !
Ça Frite!
Il était pas là, l'an dernier celui-là...
Ils sont équipés d'un matériel sophistiqué.
La bouche !
Au début, ils se la jouaient pro de la gastronomie.
SHLIK
Comme dans « Top chef ».
MUCH MUCH MUCH
?!
PTIOU
Mais ils ont vite adopté leur propre technique.
GLOPF
GNAP
GROMPH
C'est dans le fond du paquet qu'elles sont les meilleures !
BOUF
BOUF
Le grand gagnant, depuis plusieurs années, c'est la « friterie des gourmets ».
friterie des gourmets
La passion de la patate de père en frite !
Qui s'y frotte s'y frite !
frite
Bicky
VENDEUR OFFICIEL
71 tuch
Même si cette année...

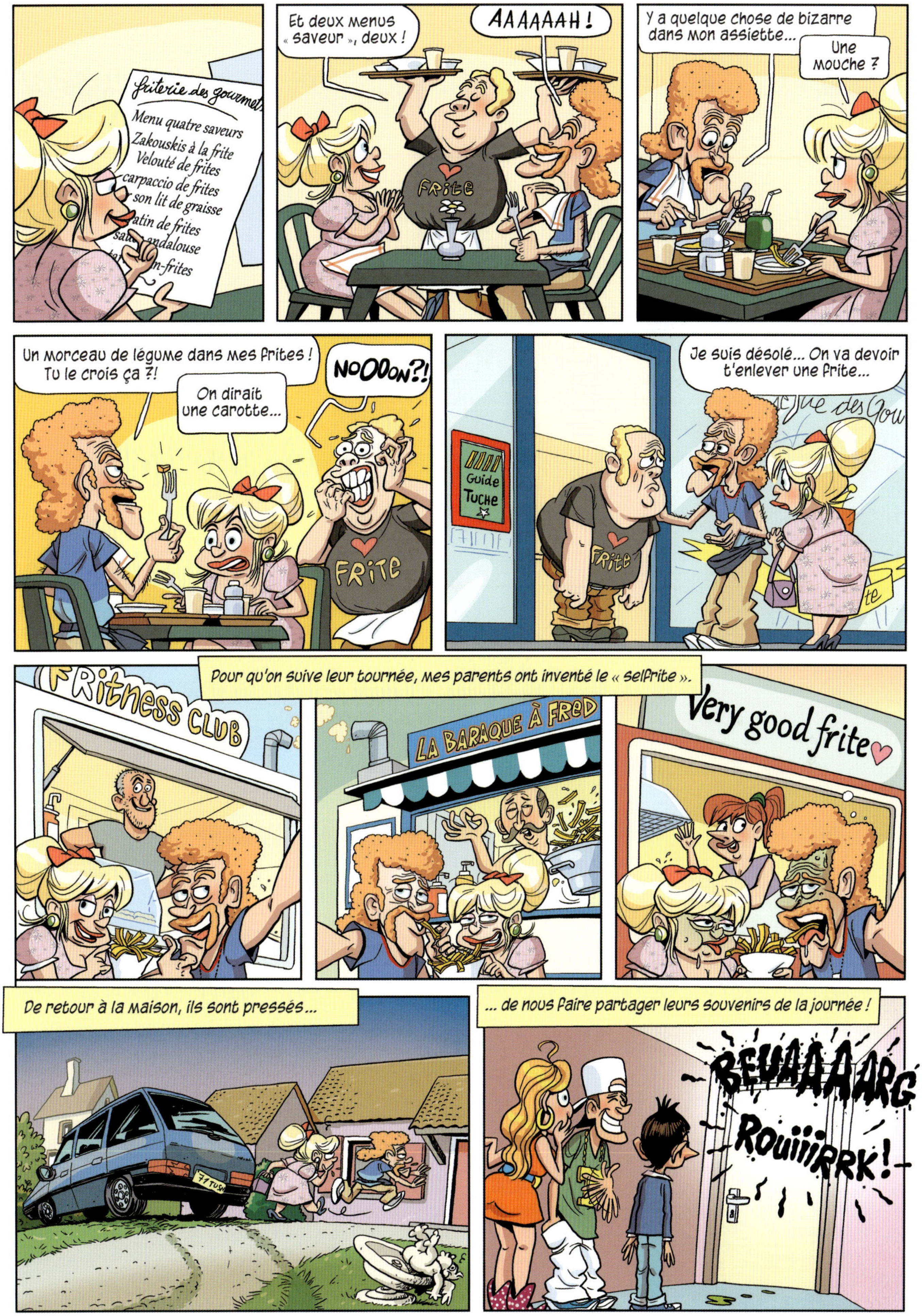
friterie des gourmets
Menu quatre saveurs
Zakouskis à la frite
Velouté de frites
carpaccio de frites
son lit de graisse
atin de frites
andalouse
n-frites
Et deux menus « saveur », deux !
AAAAAAH !
Frite
Y a quelque chose de bizarre dans mon assiette...
Une mouche ?
Un morceau de légume dans mes frites ! Tu le crois ça ?!
On dirait une carotte...
NOOOON?!
Frite
Guide Tuche
Je suis désolé... On va devoir t'enlever une frite...
Frite
Pour qu'on suive leur tournée, mes parents ont inventé le « selfrite ».
Fritness Club
La Baraque à Fred
Very good frite
De retour à la maison, ils sont pressés...
... de nous faire partager leurs souvenirs de la journée !
BEUAAAAARG
RouiiiRRK !

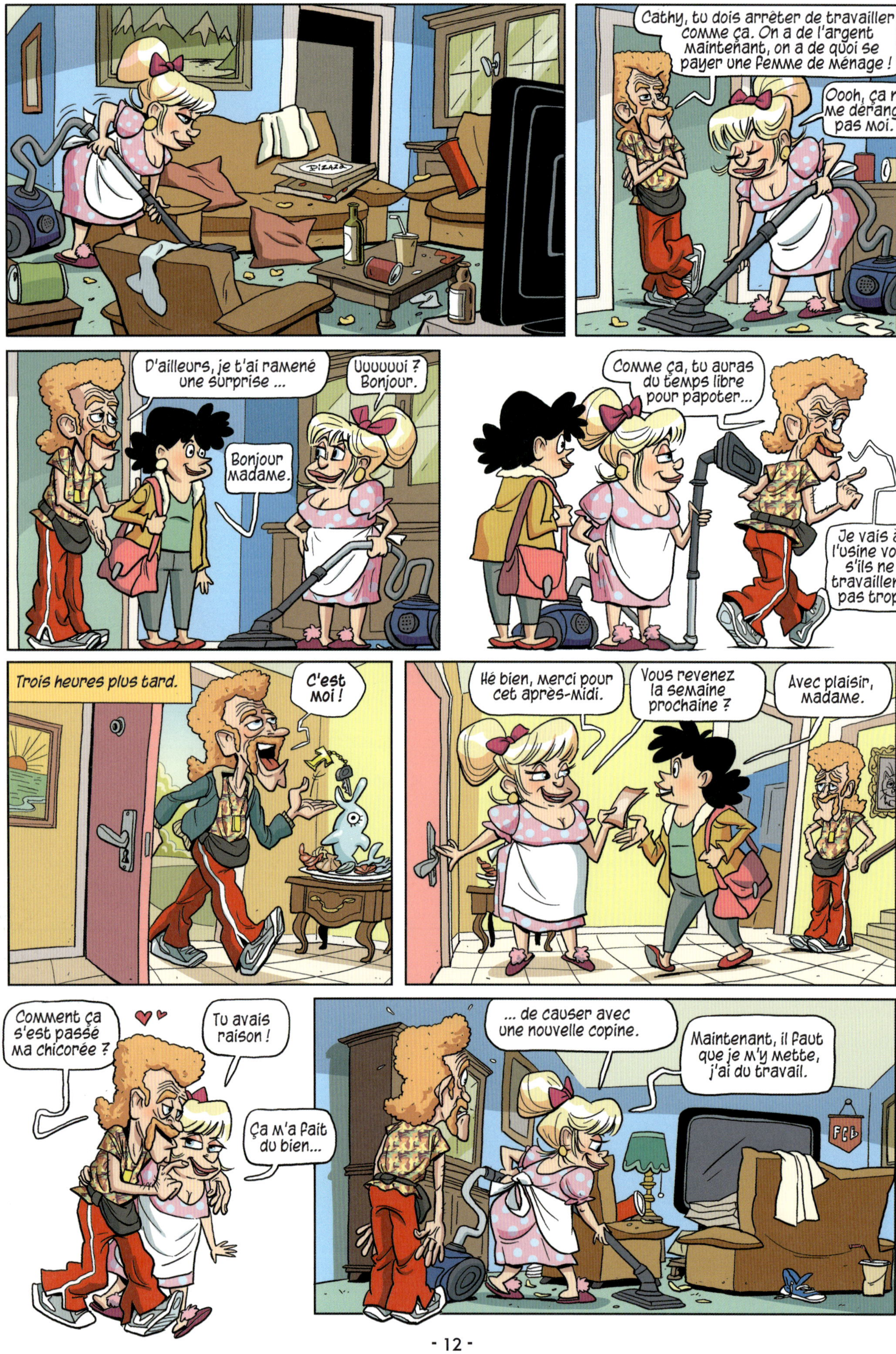
Cathy, tu dois arrêter de travailler comme ça. On a de l'argent maintenant, on a de quoi se payer une femme de ménage !
Oooh, ça ne me dérange pas moi.
D'ailleurs, je t'ai ramené une surprise ...
Uuuuuui ? Bonjour.
Bonjour madame.
Comme ça, tu auras du temps libre pour papoter...
Je vais à l'usine voir s'ils ne travaillent pas trop.
Trois heures plus tard.
C'est moi !
Hé bien, merci pour cet après-midi.
Vous revenez la semaine prochaine ?
Avec plaisir, madame.
Comment ça s'est passé ma chicorée ?
Tu avais raison !
Ça m'a fait du bien...
... de causer avec une nouvelle copine.
Maintenant, il faut que je m'y mette, j'ai du travail.

Mes parents n'aiment pas me voir travailler trop.
Tu as de drôles de lectures, Coin-coin...
Tu es malade ?
?
Faut peut-être appeler un psy...
Alors, pour ne pas les inquiéter, je ruse.
Je peux ainsi travailler quand je veux.
Il faut juste ne pas oublier de varier les couvertures de temps en temps...
Coin-coin, tu l'as déjà lu trois fois la semaine dernière, celui-là !
Faut peut-être appeler un psy...
Evidemment, Wilfried a piqué mon astuce pour ses lectures à lui.
Il en avait une belle collection !
Jusqu'au jour où...
Ah Wilfried !
J'ai fait un peu le ménage dans ta chambre. Y avait un de ces désordres!
J'ai donné tes vieux Mickey pour la garderie de l'école. Ils cherchaient des illustrés.
Madame Marie-Paule avait l'air toute contente.

Ah !
Les voilà !
Vive notre Championne !
Pouêt
Ouéééééé !
Ça a été, ma princesse...?
NON!
Ce jury était tout pourri ! Celle qui a gagné n'avait même pas de paillettes dans les cheveux !
C'était Miss Injustice ce concours !
Bousolles
Bah, ce n'est que partie remiss... oups... remise, je veux dire !
Oui, il y aura d'autres concours !
Que tout ça ne nous empêche pas de manger...
DES FRITES DES FRITES DES FRITES!
J'ai pas faim...
J'ai pas faim...
J'ai pas faim...
Ça fait une semaine que tu n'as plus mangé de frites. Ni de gratin. Je suis très inquiète !
Pas grave, y en a plus pour les autres !

Devinez ce qu'il y a aujourd'hui à Chafougnard sur Berdasse ?
ELECTION MISS CHAFOUGNARD
Samedi 23
C'est l'occasion de prendre ta revanche !
Non merci...
Trop tard, je t'ai inscrite !
Mais Papa, je vais encore perdre...
Pas cette fois-ci. Parce qu'on y va tous, pour te soutenir !
Un pour Tuche...
...Tuche pour un !
Vazniek !
Concours Miss Chafougnard
Centre Culturel
71-TUCH
Chafougna sur Berdass
Tu vas gagner les orteils dans le nez !
Bof...
Mets-y la pâtée à ces pétasses !
Accueil des candidates
Tu aurais pu m'en parler de ce concours... Et si elle ne gagne pas ?!
Tout va bien se passer, ma chicorée !
Où est passée Mamie Suze ?
Accueil des candidates
Quand est-ce qu'elle arrive, la fille Tuche ?
Je suis curieuse de voir ça...
Elle a été Miss Bouzolles, tout de même !
PSHHH
iiiiiiiH !
AAAAH !
Fggterrgdgg kiryurhhf ?
Miss Bouzolles, tu disais ? Il y a combien de siècles ?
PCHHHHHH
C'est...
C'est bien ici le concours Miss Chafougnard ?

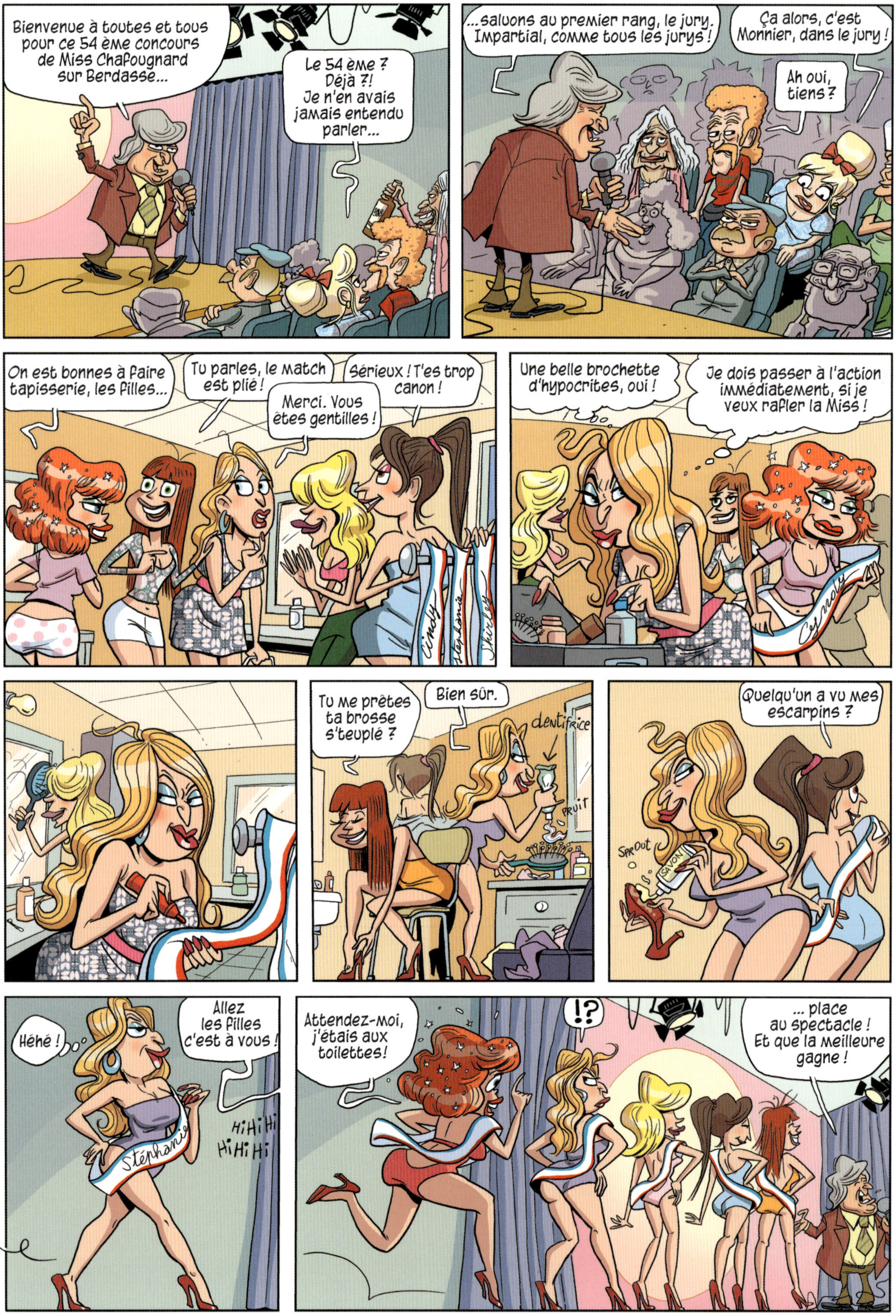
Bienvenue à toutes et tous pour ce 54 ème concours de Miss Chafougnard sur Berdasse...
Le 54 ème ? Déjà ?! Je n'en avais jamais entendu parler...
...saluons au premier rang, le jury. Impartial, comme tous les jurys !
Ça alors, c'est Monnier, dans le jury !
Ah oui, tiens ?
On est bonnes à faire tapisserie, les filles...
Tu parles, le match est plié !
Sérieux ! T'es trop canon !
Merci. Vous êtes gentilles !
Cindy
Stéphanie
Shirley
Une belle brochette d'hypocrites, oui !
Je dois passer à l'action immédiatement, si je veux rafler la Miss !
Tu me prêtes ta brosse s'teuplé ?
Bien sûr.
dentifrice
Quelqu'un a vu mes escarpins ?
SAVON
Héhé !
Allez les filles c'est à vous !
Stéphanie
HiHiHi
HiHiHi
Attendez-moi, j'étais aux toilettes!
!?
... place au spectacle ! Et que la meilleure gagne !

Ouf !
Cindy ?! Je l'avais oubliée, celle-là !
BOUM BADABOUM*
?
PSHHH
BOUM BADABOUM
GROSSE PÉTASSE
ZIP
CLAP CLAP CLAP ?!
CLAP CLAP ?!
Hé bien...
Bravo... heu... mesdemoiselles !
HUM
HUM...
PSHHH
GROSSE PÉTASSE
Stéphanie
C'est au jury de délibérer, à présent...
Voilà, Monsieur Tuche, on a bien fait comme il fallait... Elle ne se doute de rien. Mais il faudra compter un petit supplément !
PSCHHH
HUM... Oui, on... on arrangera ça...
?
Bon, on termine ce cirque, hein, Tuche ? J'ai du boulot, moi !
?
Jeff... Ne me dis pas que tu as acheté les candidates et le jury... ?
...et le public !
J'étais trop inquiet, ma chicorée. C'est tout ce que j'ai trouvé pour que Stéphanie retrouve le sourire et le moral...
Pas question que je mêle ma fille à cette mascarade, je vais...
TATSOINN !
Et voici le moment tant attendu : celui des résultats. Qui sera Miss Chafougnard cette année ?

À l'unanimité, nous avons élu... Stéphanie !
?!
STÉPHANIE TUCHE est la nouvelle Miss CHAFOUGNARD !!
CLAP
CLAP
CLAP
Un petit mot, Stéphanie ?
Je...
HUM...
Pas un petit mot, mais un GROS mot !
Ce jury a de la dans les yeux !
Heu...
C'est Cindy, la plus belle !
C'est elle qui mérite le titre !
Je ne supporte pas l'injustice !
PAF
Mais...
SPLAF
Aï
Hé, Tuffe, tu peux doubler ma preftation, hein ! Pluf les frais de dentifte !
Tu es bien la fille de ta mère !
Je suis fière de toi, ma princesse !
Tu ne seras jamais Miss Chafougnard mais tu as mérité la couronne de Miss Franchise !
Et ça, ça vaut tous les titres au monde !
En tout cas, mission accomplie !
Stéphanie a retrouvé la patate !
FIN

Tout a changé depuis que mes parents ont gagné à l'euromilion...
On va jamais gagner dans des conditions pareilles !
FLOP
Klet
Maintenant, mon père se fournit dans les meilleures boutiques.
Mais attention, mon gaillard !
Si seignor.
Cuire de luxe
Ballon foot
Je veux du cuir pur skaï de vache de top qualité !
Ma mère se fait livrer à domicile.
À la semaine prochaine !
PATATI
Mon frère peut s'offrir les baskets de ses rêves. Très utile pour ses « activités ».
Des semi-marathon.
C'est le top !
Batards
Ma sœur a un dressing grand comme un parking.
Zut !
La prochaine fois, faudra que je sème des cailloux...
Louboutin
Mamie Suze peut admirer les pectoraux de ses catcheurs préférés.
Box 3d
hfggdbmiam miamgehj byhd vaszniek
On pense même à nos voisins...
TUUUCHE TES POUBELLES !
Jeff, il faut faire quelque chose.
Alors papa a acheté des sacs poubelle de qualité.
POF
Mais depuis qu'on est riches, on consomme beaucoup plus !
TUUUUCHE !
KHOPF

SNIF
SNIF
Jeff, c'est terrible ! Tebi ! Il pue, mais qu'est-ce qu'il pue !
On pourrait l'envoyer au toilettage mais il est toujours fourré avec elle...
Mamie Suze
Hfgteb glouglou vazniek ?
À cette heure-ci ?
Elle est avec une amie... On pourrait en profiter pour attraper discrètement Tebi et le mettre au lave-linge !
Elle a des copines, ma mère ?!
Mamie
Hum... Ce n'est pas très raisonnable. Je vais plutôt prendre du thé...
Il est couché. Mamie n'y fait pas attention...
Tu as raison, ma chicorée, l'occasion fait le lardon !
Une tasse de thé, chère médème ?
Volontiers. Hu hu...
Alors, comme ça, vous êtes une amie de ma belle-mère ?
Ooooh, c'est beaucoup dire. On s'est rencontrées au marché. Madame était avec son charmant chien...
Ah vouiiii ?
...et moi, avec le mien, Mirza. Nos deux toutous se ressemblent comme deux gouttes d'eau. Du coup, nous avons sympathisé...
Tebi ?!
Mais alors...?
Jeeeeeeffff !
Tiens ? D'ailleurs, où est-il ?
Mirzaaaa !
Dans son vieux pardessus râpé Il s'en allait l'hiver, l'été Dans le petit matin frileux Mon vieux.

Comme un ouragan
qui est passé sur moi
L'amour a tout emportéééé...
Hiiiiiii!
Qui qui qui êtes-vous ?!
Qu'est-ce que vous faites dans ma cuisine ?
C'est nous, M'man !
Test réussi ! On peut aller faire les courses chez cet escroc d'épicier, sans qu'il explose la note.
Vous trouvez ça drôle ?!
Cette fois, on prend la Nevada !
Pas sûr...
C'est plus discret.
Ici, c'est parfait.
Bonjour Monsieur !
Bonjour M'sieu dame !
Les doigts dans le nez !
Ce bâtard ne nous a pas reconnus !
Hé bien, ça vous fera...
1.253 euros, les Tuche !
?!
Mes hommages à ta maman, Jeff.
Ce type est un voyant extra-solide.
Ou alors il doit avoir des rayons X dans ses lunettes...

Je ne sais pas si je vous ai dit mais je fréquente l'école des Hautes études en Sciences économiques...
J'y donne cours à des banquiers, des financiers, des chefs d'entreprises. Eux et moi, on parle des mêmes choses, on partage les mêmes intérêts...
On est semblables, quoi !
DRRRIINNNG !
Enfin... presque.
Mais certains élèves me donnent parfois du fil à retordre...
Merci de me recevoir, monsieur Donald. Je suis si inquiète...
Je vous en prie...
À la maison, c'est la catastrophe avec Jean-Jérôme ! Il travaille tout le temps, vissé sur son écran. Il ne pense qu'à l'école ! Les hommes de son âge regardent le foot, ont des copains lourdauds... Lui, rien !
Ecoutez... Moi-même, Je ne sais plus quoi faire avec votre mari. Il est doué, certes, mais il ne pense qu'à jouer...
... en bourse, en pleine classe !
Nooon ?
Alors, il fait des bêtises, forcément ! Tenez, encore l'autre jour...
YES !
Je viens de mettre la société A.R.N.A.C assur © sur la paille !

Et pas plus tard que ce matin...
Interro surprise !
Oooh non !
Pitié, msieu !
Yes !
L'entreprise Lapomme, implantée en France depuis 50 ans fabrique et vend un produit X. Elle emploie 3000 salariés et son chiffre d'affaires annuel est de 400.000 euros. Notons f(x) le coût de production de x tonnes de ce produit. L'entreprise vend son produit 10.435 € la tonne ; on note g(x) la recette exprimée en milliers d'euros et B(x) le bénéfice: B(x) = g(x) - f(x). Déterminez les quantités de produits nécessaires pour équilibrer les...
Simple comme un licenciement ! Il suffit de délocaliser dans un pays où il sera facile de museler, voire d'interdire les syndicats. C'est pas ça qui manque, ah ah !
?!
Heu... je suis désolé, Jean-Jérôme mais votre réponse est...
Ensuite, il faut placer les bénéfices dégagés pour partie sur un compte offshore, aux îles caïman, par exemple, pour partie dans un marché en pleine expansion, du genre vente d'armes ou de drogue dure...
Jean-Jérôme, ça suffit !
Vous me ferez cent lignes !
Cent lignes ?
Waw !
C'est vrai, je peux ?
Snif
Cent lignes : « je dois écouter l'intitulé du problème jusqu'au bout avant de dire n'importe quoi ! »
Et ensuite, au coin !
Oooooh pfff... c'est nul...
Vous comprendrez que je ne peux pas le prendre en excursion annuelle avec ses camarades...
N'oublie pas ta collation, mon chéri !
Chic, on va visiter la banque mondiale !
HESE
Une autre excursion l'attend...
M. Jean-Jérôme Crécelles ? Brigade de répression des fraudes aux technologies de l'informatique. Nous avons reçu une plainte de la société ARNAC assur' à votre encontre...
BOUHOUU
Et meeeeerde !
Veuillez nous suivre.

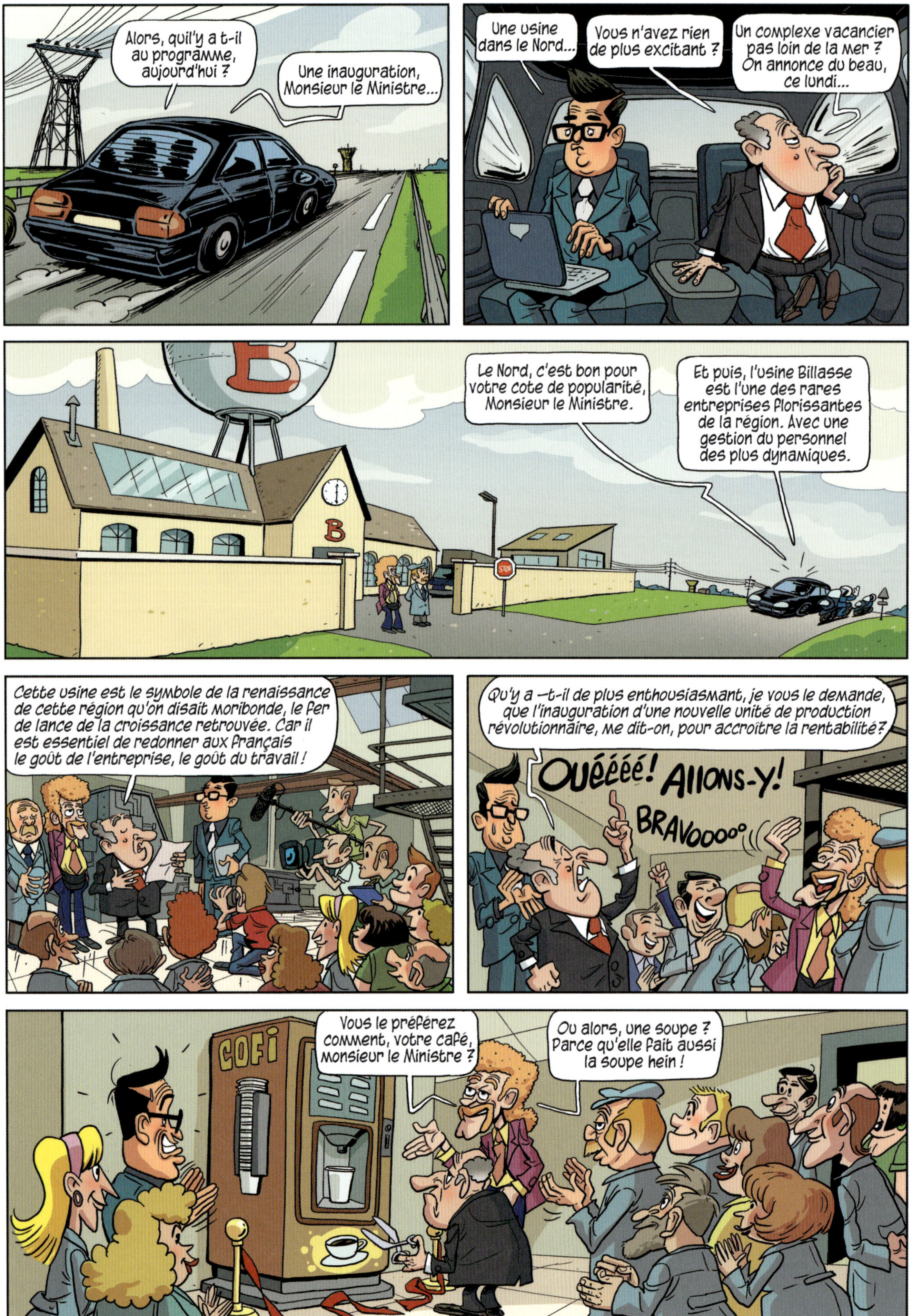
Alors, quil'y a t-il au programme, aujourd'hui ?
Une inauguration, Monsieur le Ministre...
Une usine dans le Nord...
Vous n'avez rien de plus excitant ?
Un complexe vacancier pas loin de la mer ? On annonce du beau, ce lundi...
Le Nord, c'est bon pour votre cote de popularité, Monsieur le Ministre.
Et puis, l'usine Billasse est l'une des rares entreprises florissantes de la région. Avec une gestion du personnel des plus dynamiques.
Cette usine est le symbole de la renaissance de cette région qu'on disait moribonde, le fer de lance de la croissance retrouvée. Car il est essentiel de redonner aux français le goût de l'entreprise, le goût du travail !
Qu'y a –t-il de plus enthousiasmant, je vous le demande, que l'inauguration d'une nouvelle unité de production révolutionnaire, me dit-on, pour accroître la rentabilité ?
OUÉÉÉÉ! ALLONS-Y!
BRAVOOOOO
COFI
Vous le préférez comment, votre café, Monsieur le Ministre ?
Ou alors, une soupe ? Parce qu'elle fait aussi la soupe hein !

Pfffffff !
C'est pas encore cette année qu'on aura un Noël blanc...
Quand j'étais petite, ça tombait !
J'avais parfois de la neige jusqu'au cou !
Tu n'exagères pas un peu, M'man ?
KIKIF
FOOT
Je ne sais pas ce que je donnerais pour retrouver la magie des Noël d'avant.
... mais l'argent ne peut pas tout faire !
Plus tard...
Ohlàlà ! Il fait un temps à ne pas mettre un Coin-coin dehors !
Quoi ?
Il neige !
Un Noël blanc !
Venez jouer les enfants !
C'est comme qui dirait un miracle de Noël...
VROUUUUUFFFF !
Youpiii !
Neige BIO
MARION TOUCHLOUSSE
C'est bon, vous pouvez arrêter.
VROUUUUFFF
Heu...
Ben... c'est coincé...
Hey !
Une avalanche à Bouzolles... La première fois que je vois ça !
Je te... crois clac clac... M'man maintenant... clac clac...
clac clac... un Nono... un Noël blanc... clac clac...
Plutôt bleu, je dirais.

Pourras-tu aider Jeff à trouver le bon chemin pour sortir ses poubelles ?
MICKEY
THÉORIE MATH
BOING
COUIC

... qu'est-ce qu'elle est belle sur cette photo !
Elle doit avoir quatre ans...
Là, tu te rappelles, sa première grande sortie ?
On avait été à la mer...
Un beau souvenir !
Avec toute la famille autour...
magnifique...
Là, à notre mariage !
Tiens ?
Elle était déjà là ? T'es sûr ?
Elle avait de l'allure à l'époque !
Vazniek ?
Oui, parce que maintenant...
Ce jour-là, on lui avait attaché des casseroles.
C'était rigolo !
Les copains voulaient la peinturlurer !
Il serait peut-être temps de s'en débarrasser...
J'aurais le cœur brisé, ma chicorée !
Vous êtes dingues ! Je vous interdis personne n'y touchera !
?! ?!
Ma princesse... je ne savais pas que tu l'aimais tant, la Nevada...
T'as bien raison, ma fille !
Un jour, tu en hériteras, c'est promis !
La Nevada

Je... je n'aurai jamais fini avant l'hiver...
Charles ! Viens vite !
Carrie fait une terrible fièvre !
?!
Il faut aller chercher le médecin !
Tu sais que c'est impossible, ma chérie. Nous n'avons plus un cent...
Qui peut bien se balader dehors par un temps pareil ?
TOC TOC TOC !
Tu veux que j'y aille, papa ?
M. Ingalls ? Au nom de la loi, je viens saisir vos meubles.
Votre fille Laura a acheté une sucette à l'épicerie Olson et n'a pas été en mesure de payer...
KAÏ KAÏ !
Justice
Snirf !
Saisir les meubles ? Mais je n'ai pas fini de les construire...
Aaaah s'ils avaient des sous comme nous...
Comme nous...
Qui peut bien se balader dehors par un temps pareil ?
TOC TOC TOC !
Tu veux que j'y aille ?
Bonjour étrangers. Que pouvons-nous pour vous ?
Kaï Kaï !
Mon nom est Jeff O'Tuche.
Voici ma femme Cathy. Nous sommes propriétaires d'une mine d'or près d'ici. Mais on en a marre de ce coin pourri...
Direction, Monaco City !
On vous la donne.

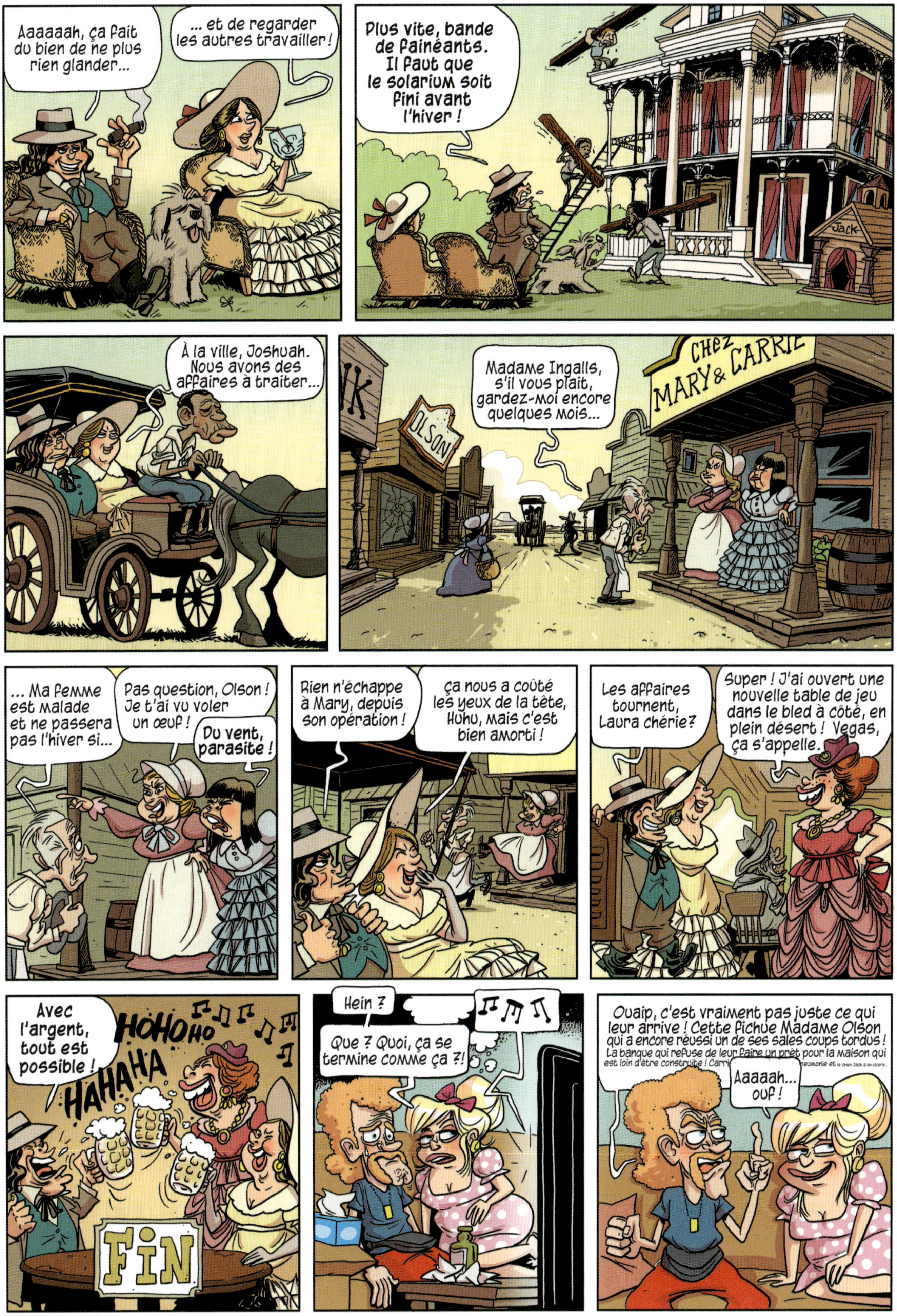
Aaaaaah, ça fait du bien de ne plus rien glander...
... et de regarder les autres travailler !
Plus vite, bande de fainéants. Il faut que le solarium soit fini avant l'hiver !
Jack
À la ville, Joshuah. Nous avons des affaires à traiter...
OLSON
CHEZ MARY & CARRIE
Madame Ingalls, s'il vous plaît, gardez-moi encore quelques mois...
... Ma femme est malade et ne passera pas l'hiver si...
Pas question, Olson ! Je t'ai vu voler un œuf !
Du vent, parasite !
Rien n'échappe à Mary, depuis son opération !
Ça nous a coûté les yeux de la tête, Huhu, mais c'est bien amorti !
Les affaires tournent, Laura chérie ?
Super ! J'ai ouvert une nouvelle table de jeu dans le bled à côté, en plein désert ! Vegas, ça s'appelle.
Avec l'argent, tout est possible !
HOHOHO
HAHAHA
FIN
Hein ?
Que ? Quoi, ça se termine comme ça ?!
Ouaip, c'est vraiment pas juste ce qui leur arrive ! Cette fichue Madame Olson qui a encore réussi un de ses sales coups tordus ! La banque qui refuse de leur faire un prêt pour la maison qui est loin d'être construite ! Carri
neumonie et le chien Jack a un ulcère...
Aaaaah... ouf !

Allez Bouzolles
ALLE BOU ZOLLES
Pensez rond ! Pensez ballon ! Pensez foot ! Ce dimanche, Bouzolles joue à domicile !
?
?
Visez Bien! Comme votre équipe Préférée ce dimanche Allez Bouzolles!
Ce dimanche, venez prendre l'air en supportant Bouzolles ! C'est un match important pour…
Ça va, Tuche, je crois que l'usine est au courant !
?
?
Tout Bouzolles a compris qu'il y a du foot ce week-end !
BOING

Tu vas voir, c'est trop la classe !
Si tu m'apportes ça direct, je te pimpe ça sur ta caisse pour ce soir.
Wilfried, tu peux donner ça à Madame Andrée avant qu'elle ne quitte l'école ? Ça fera plaisir aux petits.
Ok, m'man...
LAPINOU
TCHAK BOUM BADASS
HOOOOO À BAS LES GENS QUI BOSSENT !
VROUM POUT
Y en a qu'un pour griller des feux, comme ça !
LAPINOU
Sur les portières, comme si ça sortait du capot.
Le dessin est sur le siège passager...
Je te fais ça bro.
Comme tu as grandi, mon Wiwi...
Ça t'embête pas si je t'appelle encore comme ça ?
ÉCOLE Maternelle
Ooooh c'est gentil de ta part, Wiwi... Tout petit déjà, tu dessinais si bien...
?!!
Il a de ces idées, le Wil ! Mais faut toujours respecter les goûts du client...

Bouzolle 0
Ah ! les voilà !
Ça m'étonnerait !
Allez Bouzolles !
PÔÔÔÔôôô
PÔÔÔ
Alleeeez Teigne Ville! On va gagneeeeer! Allez les Lions!
?
Monnier ?! Qu'est-ce que tu fais avec l'équipe adverse ?!
Sale bâtard de traître !
Je soutiens les winners, moi ! Si on fait 5-0 aujourd'hui, Teigneville accède à la première place du championnat !
D'ailleurs, elle est où la « fière » équipe de Bouzolles ? Hein ? Je vous rappelle qu'une équipe absente, c'est forfait.
Et forfait, c'est...
TAP TAP TAP
5-0! 5-0! 5-0!
Allez
Le forfait, tu l'as dans le baba !
Voilà papa !
Super, les ballons. Mais l'équipe, elle est où ? Hein ? Je ne vois pas de joueurs !
5-0! 5-0!
PÔÔÔÔ
BIGBUS
... allez, les p'tits gars, hop hop...
5-o...
71TUSH

Un pour Tuche ?
Tuche pour...
GRRROAAAR !
Hiiiiiii
AAAAH !
Hiiiiii
C'est le nouveau maillot de ton équipe, ça ?! Pas pratique pour nous dribbler !
Faut vivre avec ton temps, Tuche ! Les grandes équipes ont leur mascotte et leur sponsor. C'est essentiel pour le moral des troupes !
Fort comme un lion grâce à la barre de céréales Césibon
Je vous laisse, bande de losers.
C'est ça, retourne dans ta savane, Mufasa de carnaval !
« Losers » ? C'est notre nouveau nom d'équipe ?
On va perdre, Msieu Jeff ?
On va leur faire bouffer la pelouse, oui, à ces lions ! Leur apprendre le goût de l'herbe !
Et puis, nous aussi, on peut avoir un sponsor et une mascotte...
Visiteur
Billasse
C'est qui les guignols ? Le FC Bouzolles !
Billasse 13:59
C'est qui les champiooons ?
C'est nous les liooons !
C'est qui les Rois du Goal ? Le FC Bouzolles ! Les Lions vont l'avoir dans le Fi
Vazniek !
Grâce à la frite Wilfrite J'ai la frite !
?
PAF

OUÉÉÉÉÉÉ !
POOOO POOOO POOOO
Bouzolles 0
Visiteur 4
Billasse 75:39
Bon, ça suffit !
Bientôt 5-0 !
Un score de forfait !
Quelle humiliation, Tuche !
BOUZOLLES GUIGNOLS ! LIONS CHAMPIONS !
J'ai une de ces envies de bouffer du lion !
J'aime-le-veau ! J'aime-le-veau ! J'aime-le-veau !
Cinq-zéro ! Cinq-zéro ! Cinq-zéro !
?!
?!
KOF KOF KOF
POF
Ben quoi, je prépare la collation de l'après match pour les joueurs. Cinq frites et légumes par jour, c'est important !
GRÂCE À LA FRITE WILFRITE J'AI LA FRITE !

TRIT TRIT TRIIIIII
Bouzolle 0
Visiteur 4
Vous vous êtes bien battus, les gars ! Même si on a perdu.
Tuche pour un ! Un pour...
RAAAAA ! ÇA SE PASSERA PAS COMME ÇA !
?
?
?
?
Cette fin de match est un scandale ! On mérite 5-0 !
Au moins ! Rheu... rheu... Je vais le dire à la fédération, moi ! Croyez-moi, cette fumée va faire du bruit !
Arrête d'hurler Monnier !
Tu fais peur aux moineaux !
C'était un beau match... Bouzolles a bien joué !
Bravo papa !
On peut faire quelque chose pour te remonter le maroille ?
MMM...
Santé, les petits gars ! À votre victoire !
Merci, Monsieur Tuche ! Vous êtes bon perdant !
Votre équipe a bien joué ! Pas de quoi rugir... heu... rougir...
Tiens au fait, il est passé où, le lion ?
On l'a remis dans sa cage. Il devenait trop agressif...
Je me demande même s'il ne faudra pas se résoudre à l'abattre...
Buvette
Pauvre bête...
AU SECOURS ! RHEU RHEU LIBÉREZ-MOI !

Bienvenue sur Nature Channel pour un nouveau numéro de Tuchuaïa...
Tuchuaïa
Quelle nature luxuriante ! Sommes-nous en Forêt Noire ? Au fin fond de l'Amazonie ?
Quel est ce climat singulier ? Sommes-nous dans les brumes des Bayous ? Le fog londonien ?
Nous sommes moins loin. Nous voilà sur le territoire sacré des... Tuche...
La vie y bruisse de manière bien insolite. Ainsi, approchons-nous de ce curieux organisme qui semble en pleine léthargie...
Pourtant, si nous l'observons de manière régulière et scientifique, nous constatons qu'il grossit bel et bien, se nourrissant des restes des humains...
Jusqu'à atteindre sa taille adulte au bout de quelques jours seulement...
C'est alors qu'à l'instar des bébés tortues qui foncent vers la mer, poussés par leur instinct...
?
... il s'envole vers d'autres horizons !
TUUUUCHE ! T'ES POUBELLES !
C'est plus fort qu'elles, Monnier. Elles préfèrent ton jardin !
Hi hi hi ! T'es bête !
Pof

Génial, ma chicorée ! Même moi, je ne me reconnais pas !
T'es prêt à le niquer, ce bâtard d'épicier ?
Laque XTRA STRONG
Vaut mieux que j'y aille seul, cette fois, Wil !
Ok, p'pa !
Oups ! Il y a encore un petit détail !
Quelques articles passe-partout...
Jambon Bon
YOP
Quand on voit ce qu'on voit...
...et qu'on entend ce qu'on entend...
Vous avez bien raison, Madame Marteau...
À qui le dites-vous.
Et gnagnagna... Si cette vieille tige raconte toute sa vie, on est partis pour remonter à Napoléon et Verdun.
PSHHHH
... tenez, moi je me rappelle, du temps d'Edmond, feu mon mari, on savait s'amuser avec rien....
Bonjour Monsieur...
Gnonjour...
Un tube de dentifrice, un kilo de carottes, une canette de soda, une salade...
PSHHHH
Ça marche !
Hé hé !
Et enfin une boîte de biscuits apéri...
CHTONG
... tifs ?!
À bientôt, Jeff !
Il s'en est fallu d'un cheveu...
Promo

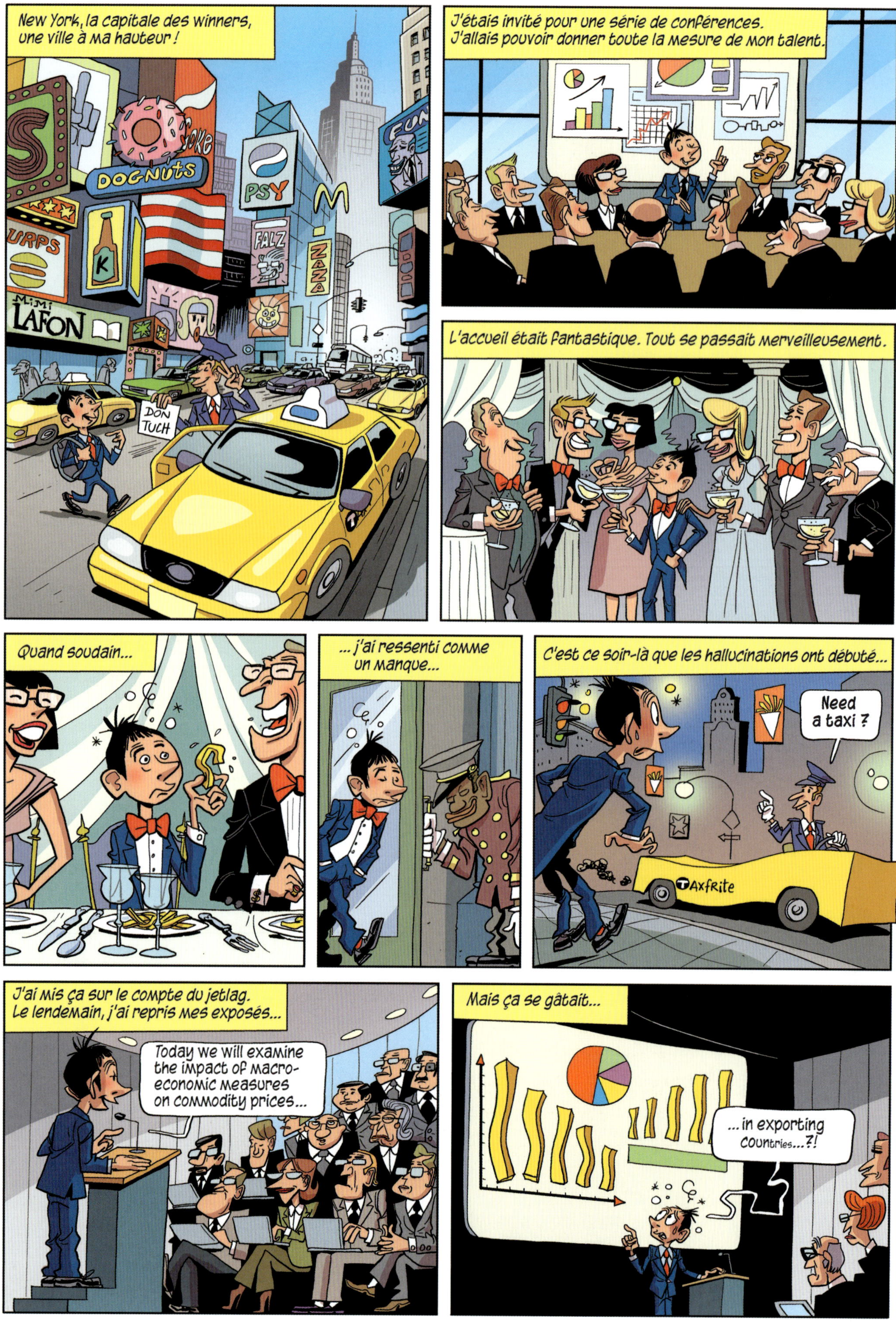
New York, la capitale des winners, une ville à ma hauteur !
DOGNUTS
PSY
FALZ
ZAZA
LAFON
DON TUCH
J'étais invité pour une série de conférences. J'allais pouvoir donner toute la mesure de mon talent.
L'accueil était fantastique. Tout se passait merveilleusement.
Quand soudain...
... j'ai ressenti comme un manque...
C'est ce soir-là que les hallucinations ont débuté...
Need a taxi ?
TAxfrite
J'ai mis ça sur le compte du jetlag. Le lendemain, j'ai repris mes exposés...
Today we will examine the impact of macro-economic measures on commodity prices...
Mais ça se gâtait...
... in exporting countries... ?!

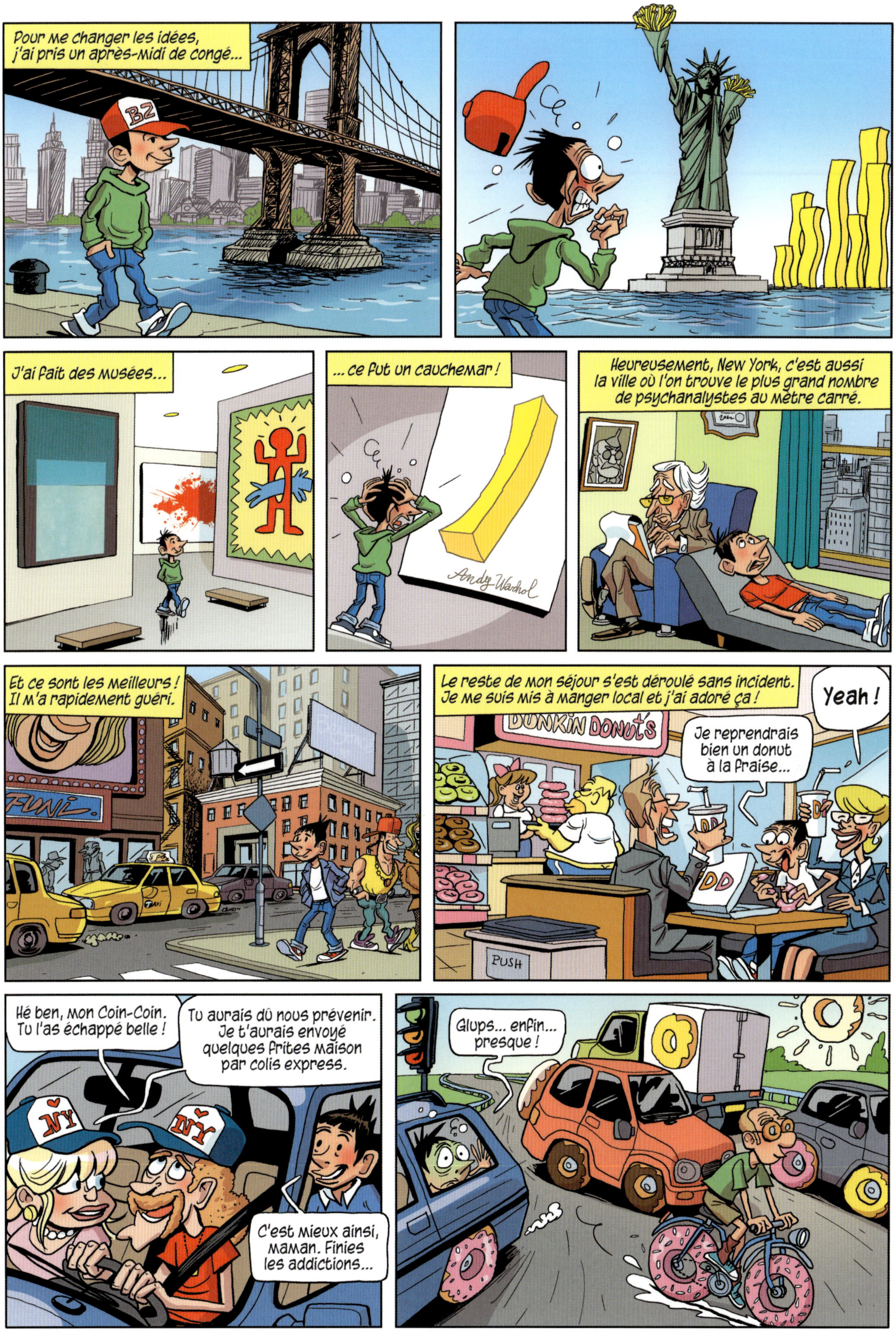
Pour me changer les idées, j'ai pris un après-midi de congé...
J'ai fait des musées...
... ce fut un cauchemar !
Andy Warhol
Heureusement, New York, c'est aussi la ville où l'on trouve le plus grand nombre de psychanalystes au mètre carré.
Et ce sont les meilleurs ! Il m'a rapidement guéri.
Le reste de mon séjour s'est déroulé sans incident. Je me suis mis à manger local et j'ai adoré ça !
Yeah !
DUNKIN DONUTS
Je reprendrais bien un donut à la fraise...
PUSH
Hé ben, mon Coin-Coin. Tu l'as échappé belle !
Tu aurais dû nous prévenir. Je t'aurais envoyé quelques frites maison par colis express.
C'est mieux ainsi, maman. Finies les addictions...
Glups... enfin... presque !

Super...
PFFF... on voit bien mon épaule...
N'importe quoi...
Elles sont cool, hein ?
Louboutiens
KiKiKi...
Kim Kardachian !
Je le crois pas...
Puisque je vous dis que c'est Kim Kardachian !
On voit bien son épaule...
N'importe quoi...
Kim kim... qui me gave.

Elle veut rien savoir. Elle ne m'a même pas ouvert la porte !
Deux jours qu'elle n'est pas sortie de sa chambre ! Ça ne peut pas continuer comme ça ...
Ma princesse... Tu ne vas quand même pas rater le repas trois fois de suite.
Stéphanie
En plus, j'ai fait des frites !
Je suis certaine que tu la recroiseras un jour, ta Kim Kardachiante...
Sûrement, oui, à la caisse de l'intermarché de Bouzolles !
KiM
KiM
Rien à faire...
Hé ho ! Je suis pas fou. Elle va me démonter la tête.
Wilfried, vas-y.
T
Coin-coin ?
Pfffff... on a tout essayé.
Maman, j'ai déjà été hier !
TOC TOC !
KiM
Encore...
Ghryydg hfhhyhrdsgg...
Vazniek ?
Ça alors ?!
Bravo Mamie !
Elle trouve toujours les mots qu'il faut !
T

J'espère que la tombola va rapporter cette année. On doit refaire le toit de l'école...
Samedi 5-6 mai Bonne Fête les mamans
TOMBOLA
C'est gentil, Madame Tuche, de nous donner un coup de main...
Bah, ça me rappelle le bon vieux temps, Madame Marie-Paule...
Histoire des MATHS
PUZZLE 300
ÉCOLE
?
SURPRISE
PAR LÀ
maman
?
ENCORE PLUS LOIN !
CONTINUE
Bientôt
LÀ
BONNE FÊTE MAMAN !
Oooooh... Il ne fallait pas !
Full 3D
TOP NIVEAU !
Champagne 3L
Le frigidaire des américains
Friteuse de luxe
Double BAC
Heu...
Snif
Mais ?

J'ai gardé tout...
Le paquet de frites que Jeff m'a offert quand je lui ai annoncé que j'étais enceinte la première fois...
Les colliers de nouilles de Wilfried
Heu... c'est moi le bâtard qui... ?
Hihi...
Les vases à fleurs de Stéphanie...
Les bons-surprises de Coin-coin.
Il était déjà doué en affaires !
1 Bon pour 3 bisous
En échange d'une histoire le soir et d'un BONBON
OFFRE
En échange de chocolat
Parfois, je me demande si je préférais pas mes cadeaux d'avant...
Je vous prends encore dix billets !
Et moi, vingt !
À quelle heure, le tirage ?
TOMBOLA
Tiens ? Le champagne n'est plus là.
Sans doute que quelqu'un l'a déjà gagné...
Fhdghshge hgdteoip...
Vazniek !
À la meilleur des maman
Jeff

Pourrez-vous trouver les 7 différences entre ces deux photos ?
Celle-ci a été prise avant qu'on gagne à l'euromillion.
Et celle-ci après qu'on a gagné à l'euromillion.
Alors, trouvé ?
Non ?
Regardez la solution ci-dessous :
C'est pas compliqué, pourtant. Il n'y a pas de différence : on est restés nous-mêmes !

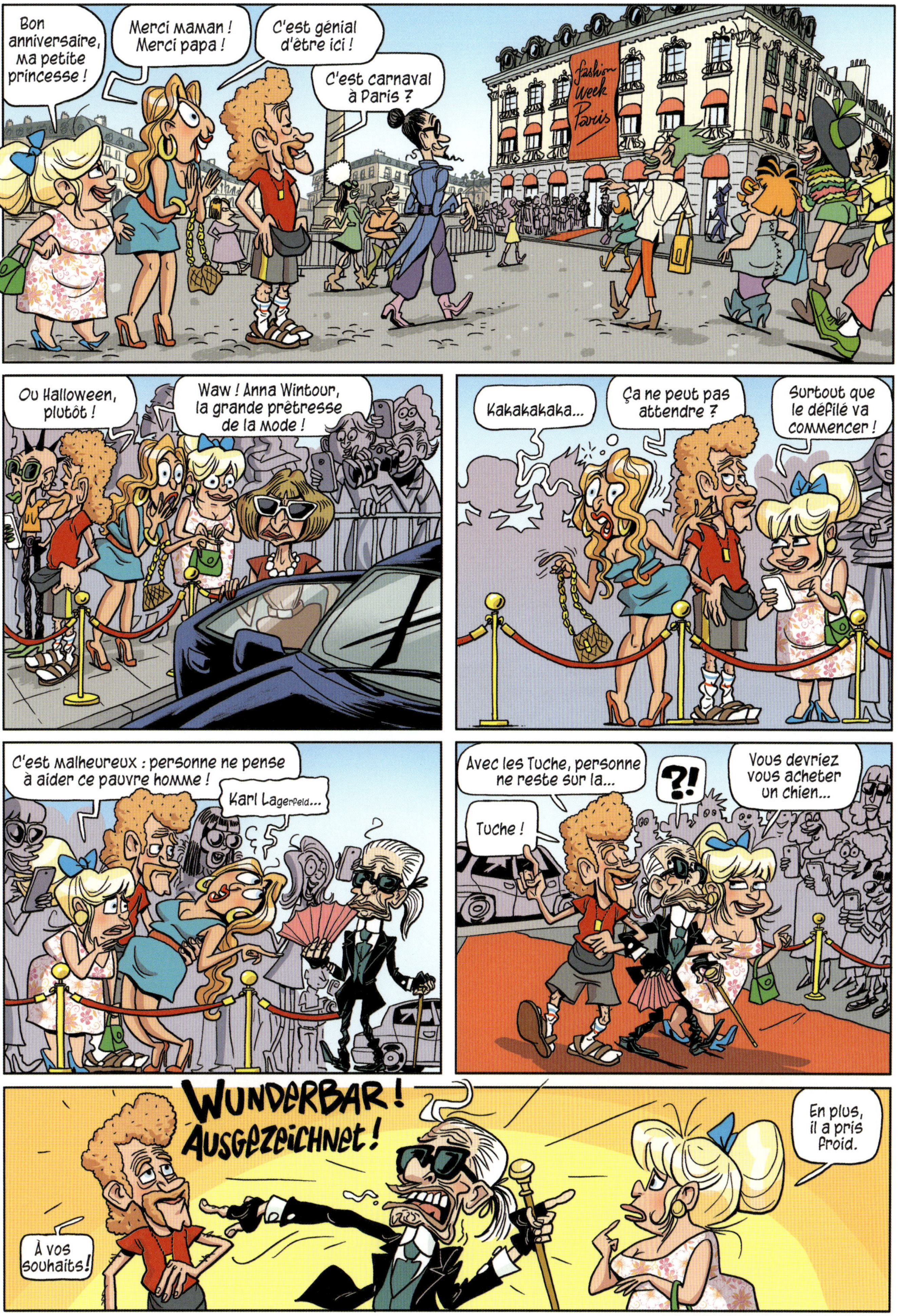
Bon anniversaire, ma petite princesse !
Merci maman ! Merci papa !
C'est génial d'être ici !
C'est carnaval à Paris ?
Fashion Week Paris
Ou Halloween, plutôt !
Waw ! Anna Wintour, la grande prêtresse de la mode !
Kakakakaka...
Ça ne peut pas attendre ?
Surtout que le défilé va commencer !
C'est malheureux : personne ne pense à aider ce pauvre homme !
Karl Lagerfeld...
Avec les Tuche, personne ne reste sur la...
?!
Vous devriez vous acheter un chien...
Tuche !
WUNDERBAR ! Ausgezeichnet !
En plus, il a pris froid.
À vos souhaits !

Six mois plus tard...
...et maintenant, la collection Tuche Touch' by Karl Lagerfeld...
KARL LAGERFELD Paris
C'est maaagnifique ! Comme tout ce que fait Kaaaarl.
Les malvoyants ont les autres sens plus développés, c'est bien connu.
Ils sont pas bien gros, vos mannequins. Vous me les enverriez en stage à Bouzolles, je vous les remplumerais vite fait, moi.
MICKEY
La classe de bâtard ! Hein Kanye ? On est célèbres !

Des frites !
Des frites !
Des frites
Des frites
Des frites

Achevé d'imprimer en France
par l'imprimerie PPO en Août 2017
Première édition
Dépôt légal : Septembre 2017
ISBN : 978-2-7499-3337-5
LAF : 2430A